O Leão Engole o Sol

Fernando Ferraz

Porto de Idéias
EDITORA

ão Paulo, 2014

O Leão engole o Sol
Fernando Ferraz

Coordenação Editorial
Silvana Pereira de Oliveira

Capa
Fernando Ferraz

Dados Internacionais de Catalogação na Publicação (CIP)
(Câmara Brasileira do Livro, SP, Brasil)

Ferraz, Fernando
O leão engole o sol / Fernando Ferraz. --
São Paulo : Porto de Idéias, 2014.

ISBN 978-85-8061-064-2

1. Ficção brasileira I. Título.

14-01430 CDD-869.93

Índices para catálogo sistemático:
1. Ficção : Literatura brasileira 869.93

EDITORA PORTO DE IDÉIAS LTDA.
Rua Perdões, 101 – Aclimação
São Paulo – SP – 01529.030
Fone (11) 3884-3814
www.portodeideias.com.br
twitter.com/portodeideias

Ao Grande Arquiteto do Universo, pelos dons que me deu nessa vida; aos grandes amigos, que conquistei com as minhas mirabolantes histórias.
E principalmente a você que está lendo, meu muito obrigado.

PREFÁCIO

A ditadura dos gestos

Na era da mecanização o ser humano dá evasão aos seus instintos, em algumas situações, driblando conceitos e afrontado o que consideramos valores morais. Mas o que seria exatamente o valor moral? Na ótica do jovem escritor, Fernando Ferraz, o amor não tem limites. Ele é a compensação do livre arbítrio, o direito de escolha, não importa a forma de amar. Na sua obra, *O Leão engole do Sol*, o autor revela a paixão entre dois jovens — escritor e detetive —, que nasce em um ato de solidariedade, extrapolando a linha ilimitada que demarca o coração.

Um texto inteligente e ousado, apontando para o vértice do amor, na cumplicidade entre dois seres. E não há como interromper a leitura em uma história recheada de nuances e, sem dúvida, o leitor passa ser o cúmplice, mas sem julgamentos. Afinal, é o retrato de uma relação livre entre pessoas que se descobriram. O amor é assim mesmo inatingível quando tentamos adaptá-lo aos nossos valores.

O Leão engole o Sol é verdadeiro, envolvente. Um livro que nos relata o comprometimento de rapazes dispostos a defender o que há de mais precioso em suas descobertas: o amor. O beijo que nasce nas sombras e que resplandece no amanhecer, deixando evidente que alguns segredos em nossas vidas são prazerosos, difíceis e desafiadores!

Leandra Vasconcellos Medeiros
Antropóloga

Sumário

Prólogo

Um jovem de 20 anos, na sociedade Londrina acaba de receber uma carta da sociedade dos alquímicos. Eles representavam a elite da sociedade e tinham o poder de mudar as decisões da rainha; e Miguel, sempre muito sério e calculista, acabava de receber esse privilégio. Infelizmente seu melhor amigo Willian não estaria junto com ele, depois de todo o mal que os alquímicos haviam feito para sua família.

Willian era um dos mais inteligentes dentre todos os alunos da grandiosa faculdade de Winston Flake, uma das mais conceituadas de Londres.

Willian e Miguel eram muito próximos. Apenas na faculdade os dois estreitaram os laços de amizade, apesar de estudarem juntos desde o ensino fundamental, e só estreitaram a amizade porque convinha para ambos, do contrário não estariam juntos.

"As mentes mais brilhantes de Londres", era assim que Miguel e Willian eram conhecidos. A sociedade londrina respeitava as pessoas superdotadas.

Miguel estava em seu quarto, sentado no parapeito da janela. Era lindo aquele lugar, pensava enquanto olhava para o parlamento. Um dia ele desejou ir para lá e se tornar um grande líder, mas queria que Willian fosse com ele; os dois como parlamentares, um grande feito para dois jovens.

Depois do trabalho que ambos apresentaram sobre a sociedade londrina, assistido inclusive pelo alquímico Albert Kant, que foi apreciar o trabalho impecável, digno da maior nota, dos jovens, ele convidou Miguel e Willian para frequentarem o clube dos alquímicos.

O senhor Albert caminhava apoiado em sua bengala de madeira de carvalho e uma peça de prata na ponta e sua missão era garantir que jovens gênios aceitassem os convites; porém, Willian não aceitou, por razões pessoais: os tios odiavam os alquímicos, por terem influenciado a decisão da Rainha, um feito único na história.

Miguel aceitou prontamente o convite e passou a frequentar as reuniões com regularidade, mesmo sem ser membro efetivo do clube. Mas algo estava intrigando o jovem naquela sociedade, e ele decidiu conhecê-la profundamente. Com esse objetivo passou a estudar sobre o clube dos alquímicos para conhecer todos os seus segredos.

Uma investigação nunca feita, e a descoberta de um segredo que poderia ser a salvação ou a destruição da sociedade, um objeto que traria luz para o mundo ou o afundaria em uma escuridão sem precedentes.

Capítulo I

MIGUEL

Miguel era um garoto de cabelos pretos arrepiados, olhos verdes, pele branca, boca perfeita, olhar fascinante, atraente e com uma forma física invejada por muitos. Um rapaz diferente, que andava com livros por todos os lados. Miguel sabia muito bem o que queria. Nessa época ele tinha quinze anos, e a vida não fora muito boa com ele, até que ele conheceu um garoto como ele, um garoto diferente.

Willian era magricelo, cabelos loiros arrepiados na altura da orelha, olhos azuis-acinzentados, corpo esbelto, sem gorduras, tímido, mas que fazia sucesso com as mulheres, antes mesmo de ele gostar de uma.

Durante muitos anos, Willian e Miguel foram sempre os primeiros da sala, mas os jovens não se falavam; e foi apenas com a morte do pai de Willian, que o deixou desmotivado, que eles se aproximaram.

A amizade com Miguel ajudou Willian a superar a perda do pai. A amizade verdadeira surgiu de um abraço acolhedor, aquele era para ele o momento mais importante, pois nunca tivera um amigo. A amizade foi crescendo e começaram a frequentar um a casa do outro, inclusive nos finais de semana. Em uma semana ficavam na casa de Willian e na outra na casa de Miguel.

Aqueles garotos eram fantásticos, todas as notas iguais, todas as provas gabaritadas, mas iniciou-se uma disputa: Miguel se tornou obsessivo e Willian também. A competição entre os dois não tinha vencedor, pois os jovens sempre obtinham os mesmos resultados.

Os professores tinham receio de entrar na sala deles, pois era certeza de serem corrigidos pelos jovens alunos.

A amizade só cresceu. No dia em que eles foram aprovados para o ensino médio, Willian presenteou Miguel com uma caneta-tinteiro com bico de pena, e Miguel comprou para Willian o livro que ele queria muito.

Willian concedera ao amigo a sua maior fonte de trabalho, pois a partir daquele momento ele começou a escrever seus livros. A caneta-tinteiro era sua "arma" inseparável para as anotações de ideias que surgiam repentinas, reforçando suas personagens e teses.

O período do colégio passou tranquilamente, os dois foram prestar a prova para entrarem em Winston Flake, uma das faculdades mais concorridas de Londres, e foram aprovados facilmente: uma escola para os líderes britânicos, apenas as mentes brilhantes de Londres ingressavam em seus cursos.

Em pouco tempo Miguel fez sucesso como um dos mais jovens escritores de Londres, e se mudou, levando Willian com ele. Willian sempre disputava com Miguel, e certa vez ele se surpreendeu, pois foi aprovado em um curso de detetives de Londres, tornando-se o mais jovem membro da Scotland Yard. E, em pouco tempo, ele seria membro desse seleto grupo.

Miguel e Willian estavam em pé de igualdade até em empregos, mas isso só estava começando: chegaria o dia para escolher o tema do trabalho da faculdade, que seria o último deles, pois depois se formariam e seguiriam caminhos diferentes.

— Estou falando Willian, vamos fazer o trabalho sobre o grupo dos alquimistas britânicos. — argumenta Miguel encarando o amigo.

— Miguel! Você sabe o que eles fizeram com a minha família e ainda assim insiste em fazer o trabalho sobre eles? Eu não gosto dessa organização, vamos fazer o trabalho sobre outra sociedade. — responde Willian, pegando um livro que trazia uma lista com todas as sociedades do mundo.

— Willian, o mestre dos alquímicos quer que nós entremos para a sociedade, e você quer falar de outra sociedade? Eles são os maiores em Londres, nós vamos falar deles e pronto!

— Está bem! Sei que você é teimoso e se não for de seu jeito ficará emburrado e isso não vai ajudar em nada. Conheço-o desde os cinco anos. — Willian provoca o grande amigo.

A casa de Miguel era aconchegante e espaçosa. O seu recente livro havia sido premiado pela revista inglesa "GQ" como o escritor do ano, em cerimônia na Royal Opera House de Londres. A estória falava de um policial que resolvera casos complexos, ganhando notoriedade. Ele ficou mundialmente conhecido por seu pseudônimo "L". O nome foi inspirado em um anime japonês chamado "Death note". O anime relatava a estória de um gênio que ganhou um presente do Deus da morte. E ele, com seu senso de justiça, matava os criminosos e os opositores.

Willian pegou as folhas da impressora e disse:

— Eu não gosto dos alquímicos, mas, por você, vou fazer o meu melhor para apresentarmos o trabalho e recebermos a nota máxima.

— Obrigado, agora sente-se aqui. Que coisa! Até parece que essa casa não é sua também. Depois que o livro fez sucesso, graças a nós, isso também te pertence. Peça para sua mãe vir morar com a gente, aqui tem muito espaço e sabemos que ela não gosta de ficar sozinha naquela sua casa.

— Minha mãe não pensa assim. Então fique tranquilo, eu venho morar aqui com você. Agora vamos terminar isso.

— Vamos sim!

*

Os garotos terminaram o trabalho e Willian havia detestado visitar o clube dos alquímicos, um lugar que segregava as pessoas. A sociedade era exclusiva, mas eles abriram uma exceção para o mais famoso escritor de Londres.

O mestre do clube dos alquímicos foi pessoalmente receber os garotos. Miguel, por ser mais conhecido, começou explicando o porquê da visita. O mestre os mandou entrar. Ele vestia um terno preto com luvas do mesmo tom, a bengala com um enfeite de leão engolindo o sol, que era um dos símbolos mais conhecidos do grupo: a grandiosa história da pedra filosofal, uma pedra capaz de transformar qualquer minério em ouro. Realmente a história era fascinante, mas aquilo não era tudo, uma pedra capaz de dar poderes fantásticos, de transformar a umidificação do ar em gelo.

Quem obtivesse aquela pedra seria capaz de dominar o mundo, porém ninguém sabia como construí-la, jamais alguém havia conseguido aquele feito.

Miguel ficou obcecado para entrar no seleto grupo, mas Willian não! Ele queria ir embora e começar a trabalhar na semana seguinte na Scotland Yard.

Os garotos haviam nascido no mesmo dia, e estavam com vinte anos. A mãe de Miguel deu para ele de presente um computador, para que escrevesse cada vez mais, e para Willian, um curso de Habilitação. Nesse dia, a mãe de Willian havia passado mal e estava no hospital. Willian foi imediatamente vê-la, desejando que ela estivesse bem.

Ao chegar ao hospital, ela estava ligada a vários aparelhos. O mal-estar teve início tão logo soube da ida do filho ao clube dos alquímicos. As lembranças dos males causados à família foram excessivos para a frágil senhora.

Quando Willian chegou, sua mãe pegou em sua mão e disse:

— Meu filho, eu estou partindo. Prometa que nunca entrará à Ordem dos alquímicos. Lembre-se que seu pai morreu por causa deles. Ele nunca contou, mas era o chefe do...

O barulho da máquina que media o batimento cardíaco soou indicando que ela estava perdendo o pulso.

A máquina mostrava a Willian que a última pessoa viva de sua família estava morta, todo o passado iria para o túmulo com ela. O que seu pai sabia sobre aquela sociedade? Será que ele era do seleto grupo dos alquímicos? Tomara que todas aquelas perguntas fossem respondidas?

Nesse instante uma moça de branco e um rapaz que trazia um equipamento pediram para ele se afastar. Willian encontrou Miguel na porta do quarto onde sua mãe estava. Ele começou a chorar e correu para entrar na sala, enquanto os médicos tentavam ressuscitar a sua paciente usando um desfibrilador. Um dos médicos retirou o garoto da sala, enquanto outro cobria o rosto da senhora. Ela havia morrido e levado todas as respostas para o túmulo.

Capítulo II

Apresentação do Trabalho

A morte da mãe de Willian foi uma grande perda. No dia do enterro, a catedral estava lotada, até o mestre dos alquímicos estava lá, pois por algum motivo ele conhecia a família.

Willian foi até o caixão, viu sua mãe pela última vez, se voltou e discursou:

— Tudo que tive e fiz em minha vida devo à minha mãe. Graças a ela, sou um garoto inteligente e realizado, e hoje, mais do que nunca, eu sou o seu futuro que viverá. Então, que o Grande Arquiteto do Universo receba-a de braços abertos e construa um novo lar para ela.

As lágrimas de Willian transbordavam, contagiando a todos. Ele havia perdido a mãe, mas seguia em frente com determinação. A faculdade seria o presente para a finada mãe, afinal era o último ano do curso de Direito. Estava na derradeira etapa. O último trabalho, e o mais difícil de todos para ele, cujo tema era sobre os causadores de mais essa desgraça em sua família.

Willian e Miguel estavam ainda muito mal, pois aquela mulher era uma grande pessoa, e Willian precisava muito de

Miguel em tempos difíceis. Na casa dos garotos tudo do mesmo jeito, duas pessoas muito fortes de espírito, dois garotos metódicos, e de grande e elevada sabedoria. Apesar da pouca idade, eles já haviam passado por muitas situações difíceis.

*

O dia da apresentação do trabalho na faculdade havia chegado. Willian e Miguel encontravam-se à frente do palco principal. Eles estavam radiantes. Os membros dos alquímicos acomodaram-se na plateia, juntamente da Rainha e da a sua corte.

A explanação do trabalho teve início e, depois de uma hora de apresentação, as palmas eram ouvidas até mesmo longe do auditório principal. O trabalho fora aplaudido de pé pela Majestade e pelos representantes dos alquímicos.

As matérias nos jornais da manhã seguinte eram: "As Mentes mais brilhantes de Londres impressionam a Rainha". Willian lia o jornal com um gosto diferente em seu café, aquele gosto de ter feito algo importante para sua mãe orgulhar-se. Miguel olhava para o amigo com expressão de aprovação. Como todos os dias, Willian e Miguel acordavam no mesmo horário. Miguel iniciava sua rotina matinal de higiene enquanto Willian pegava o jornal e preparava o café da manhã para ambos.

Miguel descia para tomar seu café e sempre encontrava Willian de pijama e com pantufas de leão. Ele se sentava, conversava com o amigo e depois subia para se arrumar.

Como Miguel se mudara de casa depois do lançamento de seu livro ser considerado um *best-seller*, e sua mãe continuou morando sozinha do outro lado da cidade, toda manhã ele ia até sua casa visitá-la e depois seguia para a faculdade, um longo caminho que o garoto percorria todos os dias com seu amigo Willian. Os dois pareciam irmãos, e a mãe de Miguel adorava Willian pela sua força de vontade.

Porém, aquele dia foi diferente. Willian e Miguel desceram do carro dirigido por Willian, pois Miguel odiava ter que dirigir.

Para ele, Londres tinha que ser vista durante caminhadas, apreciando a paisagem, não em movimento, a sessenta milhas por hora.

O dia estava claro, sem nenhuma nuvem no céu. As pessoas nas casas viam os meninos e saíam correndo para dar os parabéns, afinal não é sempre que dois garotos são considerados pela Rainha como as mentes mais brilhantes de Londres. A mãe de Miguel os esperava na sacada, com uma blusa azul, saia na mesma tonalidade, alguns acessórios e o relógio de prata, presente do filho.

Os garotos olharam em volta e viram o quanto eram queridos naquele lado da cidade. A mãe de Miguel estava orgulhosa pelos jovens.

A casa da mãe de Miguel era pequena, mas muito confortável: em estilo coloquial, moldada no século XVII, fora construída para famílias com poucos membros.

— Oi, minhas celebridades! Como estão? — disse a pequena senhora com os cabelos grisalhos, óculos pendurados por um cordão, com um lindo sorriso no rosto e os braços abertos para receber o filho e seu melhor amigo.

— Oi, mãe!

— Oi, senhora Sophie Ângelus Pike, tudo bem com a senhora? — disse Willian.

— Willian, praticamente sou sua mãe, não precisa de tanto formalismo comigo! Será que terei que falar isso toda vez que vem aqui?

— Desculpe-me, sou assim, mas prometo que irei me lembrar disso. — disse Willian com um sorriso disfarçado.

— Já falei para ele mãe, mas ele não aprende. Vamos entrar, pois hoje o meu dia e do Willian vai ser muito corrido, tenho que terminar o segundo livro até a próxima semana. A editora quer lançá-lo o mais rápido possível. — Willian olha para o relógio e fica calculando o tempo.

Os meninos entram na casa, sentam-se à mesa, tudo feito como em todos os dias depois da morte da mãe de Willian. Depois de morarem juntos, os dois ficaram mais metódicos ainda.

— O que meus gênios contam de novidade?

— Mãe, somos as pessoas mais famosas de Londres. Todos sabem quem somos depois do lançamento do livro. As pessoas nos param nas ruas para pedir autógrafos e tirar fotos. — respondeu Miguel orgulhoso de seus feitos.

— Como sempre você se gaba de sua fama, mas lembre-se que a fama é efêmera, um caminho de mão dupla. — disse a mãe de Miguel olhando em seus lindos olhos.

— Miguel! Temos que ir, pois nossa palestra começa em pouco tempo e não podemos chegar atrasados, somos britânicos! — disse Willian com um sorriso no rosto, despedindo-se da senhora Sophie, que relutava em deixar o jovem filho partir.

— Tchau mamãe, tenho que ir.

— Vá com cuidado.

— Tchau senhora Sophie, temos mesmo que ir, pois hoje é nosso último dia na universidade. — disse Willian sem se dar conta da expressão negativa da mãe do amigo.

— Da próxima vez vou querer que você me chame de mãe. — grita a senhora.

— Sim! Pode deixar.

Capítulo III

Sete Dias

O caminho para a faculdade estava lotado de fãs, pessoas que queriam beijar e tocar os dois. Miguel se envolvia mais com as meninas; Willian não muito, ele estava à procura do amor perfeito, mesmo assim ambos eram muito fechados e ninguém sabia como se aproximar deles.

Os garotos passavam a maior parte do tempo juntos, até rumores que eles eram gays surgiram, mas a suspeita foi destruída quando viram Miguel beijando uma garota, próximo ao refeitório da universidade. Várias meninas começaram a comentar sobre o beijo; Miguel foi agradecer a Willian pela ideia do plano que resguardaria a reputação deles.

A universidade de Winston Flake fora a melhor do país por dois anos consecutivos, afinal os gênios da Inglaterra estudavam ali. Essa faculdade desbancou a poderosa Oxford e tornou-se a principal universidade de Direito.

Dizem que os segredos da humanidade estão escondidos na loucura ou na genialidade, dois caminhos que se encontram. Caminho único, sem retorno. Miguel aceitara entrar na sociedade dos alquímicos e em sete dias seria seu mais novo membro. Mas o amigo estava pesaroso, pois o que ele tinha como verdade iria morrer. Aquilo que ele tinha como vida não aconteceria mais! — pensava Willian.

As garotas estavam mais atiradas que nos anos anteriores, pois era a última semana deles. Eles eram os responsáveis por várias delas estarem ali. Miguel se lembra de quando entrou pela primeira vez na universidade, e como ela era. E depois dos dois estudarem em Winston Flake, a universidade havia ganhado uma nova forma, um colorido diferente.

Willian e Miguel ficaram famosos na universidade depois que livro de Miguel tornou-se um *best-seller*, equiparando-se a Harry Potter. O sucesso do livro causou o maior alvoroço em torno deles.

Isso aconteceu no segundo ano de faculdade, e depois desse fato Miguel tornou-se uma celebridade: um rapaz bonito, mas distante de todos, com exceção do amigo Willian, que foi premiado como o mais jovem a ingressar como investigador júnior na Scotland Yard, se tornando irresistível para as garotas.

Miguel havia combinado de sair com uma garota que lhe interessara, e que não dava a mínima para ele. Uma garota diferente, sagaz, ousada e muito ambiciosa. A relação não perdurou pela incompatibilidade de ideias.

*

Nos últimos dias de aula na faculdade havia uma acalorada discussão e muitas apostas sobre a escolha dos jovens gênios para prosseguirem com seus estudos. A pergunta era constante, afinal eles poderiam entrar em qualquer universidade, por isso os professores da Winston Flake começaram a pensar no caso de eles ficarem e concluírem seus cursos de Mestrado e Doutorado ali mesmo.

Porém, os garotos queriam trabalhar assim que concluíssem a faculdade: Willian estava indo para Scotland Yard, e Miguel estava prestes a se tornar um dos mais jovens alquímicos do mundo.

Passados alguns dias, Willian e Miguel, sentados no parapeito da varanda da sala, observavam as pessoas a correrem em suas vidas.

— É meu grande irmão! Em sete dias vou me mudar para mais perto do local no qual vou trabalhar, terei que ficar longe por um tempo, tenho que tomar cuidado, afinal, em seis dias estaremos com vinte e um anos. — disse Willian sem olhar diretamente para o amigo, pois aquele assunto estava magoando os amigos.

— Você vai partir mesmo? Eu já estava esperando por isso, deixe eu te ajudar Willian, quero lhe presentear com uma casa ou com o carro que você dirige.

— Você pensa em quase tudo, Miguel, mas eu vou aceitar o carro se você não entrar para o grupo de alquímicos.

— Chantagista de primeira, hein Willian?! Mas eu já esperava essa sua reação e ofereço uma contraproposta: eu entro para o clube e me transformo em um grande alquímico, e você tem que ser o maior investigador da Scotland Yard. E eu te dou o carro do mesmo jeito.

— Você e sua mania de competição! Eu aceito sim. Você é meu irmão, não vou destruir seu sonho, afinal sempre te apoiarei em tudo, pois eu só tenho você como família. — os olhos de Willian brilharam quando falou.

Miguel olhou para o amigo arrumando as malas, levando as roupas, os livros, todas as lembranças que o prendia naquele lugar. Ele estava indo viver sozinho, andar com as próprias pernas, e aquilo seria perfeito para ambos amadurecerem.

*

O dia do aniversário dos dois havia chegado. A casa inteira enfeitada e com muitos convidados: a mãe de Miguel, os amigos da faculdade e uma figura, com dois envelopes na mão. Era um senhor muito bem trajado, com a bengala na mão direita, enfeitada com um símbolo diferente. Os garotos de longe o reconheceram e Miguel foi rapidamente cumprimentá-lo, colocando sua mão direita aberta com os dedos esticados sobre o coração, curvando-se:

— Bem-vindo, Sir Albert Kant, mestre honorável do clube dos alquímicos britânicos.

— Não precisamos de tanto formalismo meu jovem, estou aqui para lhe dar os parabéns, afinal — disse entregando a carta — hoje você pode fazer parte de nosso seleto grupo e ser um de nós, se assim quiser, obviamente.

— É claro que eu...

— Não responda agora, tudo ao seu tempo, vamos com calma, sei que vai aceitar, apenas fique tranquilo, não demonstre suas emoções por enquanto. — disse o líder alquímico, mostrando o papel para Miguel, e pedindo para chamar Willian.

Miguel vai até Willian, pega em seu braço e diz ao seu ouvido: "Seja educado com ele, por favor!".

— Eis o nosso grande Willian! Queria lhe dar um abraço. Da última vez que o vi foi em seu trabalho. E hoje, na data de seu aniversário, estou aqui nesta festa linda para cumprimentar os meus dois gênios. Fico até emocionado. — O mestre alquímico entregou o envelope. — Pense com cuidado.

Willian recebe o envelope, agradece e se afasta, enquanto Miguel e o mestre alquímico ficam conversando.

A mãe de Miguel segue Willian até o quarto e o vê chorando, com a fotografia da mãe nas mãos. O choro do garoto era silencioso, doloroso, uma dor insuportável. Sophie entrou no quarto e começou a acalmá-lo, beijando-lhe a testa.

— Ela não está aqui, eu sei, mas eu estou e te amo da mesma forma que ela, não fique assim. Ela está em seus pensamentos e lhe deseja felicidades.

— A senhora e o Miguel são tudo que tenho, e não quero perder isso jamais.

— Pode ter certeza que eu e meu filho sabemos disso, meu filho de coração. Agora limpe essas lágrimas e vamos descer, todos esperam pelo mais novo inspetor de Londres.

A festa chega ao fim e Miguel e Willian se despedem, dentro de poucos minutos eles morariam em locais diferentes da cidade.

Capítulo IV

CARTA

"Hoje acordei cedo, olhei para tudo e queria ver o rosto de meu irmão. Estou longe de Miguel, agora me resta trocar de roupa e ir para o QG. A partir de hoje sou um investigador, e vou adotar o codinome "L", afinal foi esse codinome que vi naquele anime que me inspirou", pensa Willian.

Do outro lado da cidade, Miguel olha para o envelope que continha a carta que o tornaria um membro do clube dos alquímicos. Isso o deixava muito feliz. Era uma pena Willian não acompanhá-lo neste momento de sua vida. Miguel reflete, olhando para a foto dos dois no dia da formatura: as duas mentes mais brilhantes de Londres.

Miguel pega o envelope, abre a carta e começa a ler.

Prezado senhor Miguel Pike,

Temos o prazer de lhe convidar para ingressar no seleto grupo alquímico.
Compareça à Rua Holmes, 221, Londres.
Traga o objeto que está no envelope.

Grão-mestre Albert Kant

Miguel retira o objeto e nota que se tratava de um anel de prata, com uma pequena pedraria nos lados e no centro do anel um leão engolindo o sol — um símbolo muito conhecido pelos alquímicos. Aquele era o símbolo do maior segredo alquímico: a pedra filosofal.

O jovem coloca o anel no dedo médio de sua mão esquerda, e sai para o primeiro dia como membro de um grupo muito poderoso.

Willian já estava no trabalho, o chefe e todos os investigadores receberam-no muito bem; afinal, era um garoto muito inteligente que havia chegado como um grande reforço. Antes de terminar a faculdade, Willian havia trabalhado em um caso e o solucionado com rapidez e eficiência.

Todos ali gostavam dele, e então, como de costume lhe entregaram uma arma e um distintivo.

Willian e Miguel se viam poucas vezes, e quando isso acontecia as conversas sobre alquimia e investigações eram proibidas; ambos estavam namorando e os casais saíam com frequência para cinemas, bares e lanchonetes.

Miguel havia lançado seu último livro da série de ficção "Sete Dias", que tratava de contos macabros e da vida deles. Com o último livro ele havia entrado para o clube de escritores de Londres.

Willian trabalhava em um caso, sob o codinome "L", e poucos sabiam dessa informação. O caso era grande, um carregamento de drogas e armas estava chegando ilegalmente. A polícia e a inteligência da Scotland Yard estavam no local errado da entrega, mas Willian havia descoberto o verdadeiro lugar, ele e um pequeno grupo de agentes que investigavam o caso.

Foi um sucesso: a operação e o caso repercutiram nos jornais: "O detetive L acerta novamente e prende vários traficantes".

*

Os dias passam.

Willian estava ficando famoso, muito famoso; seu último caso lhe rendera um posto na Interpol.

Miguel, por sua vez, era novamente o escritor do ano em Londres; seus livros estavam rendendo filmes, e como alquímico ele estava em um grau avançado, suas pesquisas logo dariam resultados.

Capítulo V

O LEÃO ENGOLE O SOL

Miguel escrevia suas pesquisas usando códigos, especificamente na forma de projetos de carros, pois era uma prática entre os alquímicos, caso suas pesquisas caíssem em mãos erradas. Os códigos eram variados, como nomes de mulheres, animais, receitas e etc.

Miguel estava estudando sobre a pedra filosofal, um artefato místico, que aumentava o poder de seu possuidor. No dia em que Miguel foi até o local indicado na carta, ele conversou muito com o mestre alquímico e queria mesmo pesquisar sobre a pedra.

*

Após frequentar a Ordem há algum tempo, já havia descoberta muitas coisas. Passados dois anos desde que entrara para o clube, Miguel estava mais charmoso, com cavanhaque e o cabelo ainda arrepiado, continuava seu mestrado em políticas públicas. Uma área complicada.

Fazia parte de sua rotina ir à casa da mãe e também à casa de Willian. O amigo estava trabalhando muito, e todas as vezes que lia sobre o detetive "L" nos jornais, Miguel sabia que seu Willian estava de volta à ação.

*

Um dia os amigos se encontravam na casa de Willian...

— Vi seu último feito, meu amigo! Fico contente que me homenageie dessa forma, gosto do nome "L", e sei o que ele representa para nós. — diz Miguel segurando a xícara de chá, um ritual tradicional que os amigos seguiam à risca.

A casa era muito bonita, em estilo antigo, Miguel e Willian estavam na sala, sentados nas poltronas, em estilo colonial.

— Miguel, você sempre está em evidência. Estou lendo seus livros, são muito bons, realmente esse último foi um dos melhores livros que já li em toda minha vida. — Willian termina de falar e a porta se abre.

— Boa tarde, Miguel! — a mulher de Willian cumprimenta o amigo e volta-se para o marido. — Oi, meu amor, como foi seu dia? — pergunta Emmanuelle.

— Boa tarde, Emmanuelle.

— Boa tarde meu amor, foi tudo bem? Está um pouco cansada, o que houve? — pergunta Willian se levantando e indo em direção à sua mulher, dando-lhe um beijo.

— Está um caos ali fora, várias pessoas correndo para a praça principal, parece que um homem foi morto!

— Um homem morto? Nossa Londres está ficando perigosa. — disse Miguel olhando para o distintivo de Willian.

— Realmente, vários crimes estão acontecendo, mas eu estou verificando cada um deles. Mas hoje, como estou na companhia de meu melhor amigo, não sairei para ver o que houve, deixe os outros cuidarem desse caso. — disse Willian.

— Que bom! Poderei ficar mais um pouco, tenho trabalhado tanto em minhas pesquisas que quase nunca tenho tempo para os amigos.

Emmanuelle era francesa e havia se mudado para Londres há apenas três anos; e mantinha ainda forte sotaque francês em seu inglês. Ela havia se apaixonado por Willian durante uma palestra para os investigadores da Scotland Yard. Depois da palestra, ela foi conversar com ele, que também havia notado a garota, e a chamou para sair... Depois disso a paixão só floresceu.

A noite estava caindo, Miguel se despediu do amigo e de Emmanuelle e foi para casa. Ele queria terminar a pesquisa sobre a pedra filosofal o mais rápido possível, pois estava perto de descobrir o seu principal ingrediente.

Miguel havia chegado em casa, começou a redigir uma carta ao mestre alquímico para explicar como era feita a pedra.

Caro Mestre Kant,

Hoje descobri mais um pouco sobre o grande elixir: a tintura vermelha. A pedra filosofal é basicamente feita com uma quantidade enorme de energia, criada a partir de um círculo de transmutação de cinco pontas, com o leão engolindo o sol ao meio, e nas cinco pontas, cinco luas separadas ao meio pelo sol. Os dragões fêmea e macho, entrelaçados, é uma representação da existência perfeita na metáfora alquímica. De acordo com minhas pesquisas, para criar a pedra precisamos de uma enorme quantidade de energia de sacrifício, que nós vamos ter que oferecer, pela lei da troca equivalente.

Acredito que no mais, o desenho abaixo relate aquilo que lhe digo.

Os dragões ao meio junto do leão.

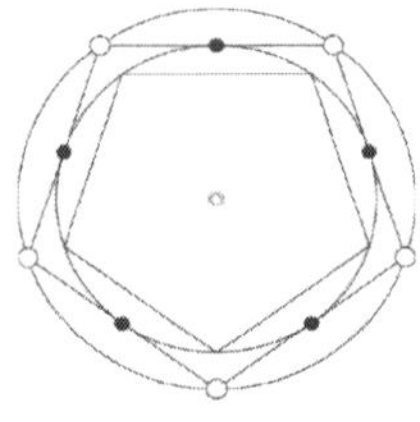

Miguel Pike

PS. Acredito que logo poderemos realmente fazer a pedra e mudar o mundo, aumentando a longevidade das pessoas.

Miguel termina de escrever, retira a parafina vermelha da gaveta e com o seu anel sela a carta com o símbolo da alquimia.

Capítulo VI

Scotland Yard

Na Scotland Yard, todos reconheciam a eficiência de Willian. Ele fora promovido a diretor da organização, seus feitos estavam nos jornais expostos em sua sala.

Londres estava ficando perigosa, vários assassinatos, com muito trabalho para Willian e os outros membros do grupo. Muitas coisas haviam mudado: a mãe de Miguel ficara muito mal, com uma doença rara, restando pouca esperança para a querida senhora. Ele estava sempre com muitos casos para resolver e visitava cada vez menos a mãe do amigo Miguel, que continuava a visitá-la todas as manhãs. Ver a mãe naquela situação terminal, sem esperanças, estimulava Miguel na busca pela pedra filosofal, pois seria a única solução para a mãe.

Foi nesse tempo difícil que Miguel intensificou sua pesquisa na tentativa de criar a pedra, porém mais uma vez sua esperança foi frustrada.

Passado alguns dias, com as esperanças renovadas, Miguel tenta realizar um novo experimento, e então um acidente acontece: ele corta o braço. O sangue dele cai no experimento e escorre até o chão.

Quando ele se levanta para fazer um curativo no ferimento, nota que algo estava acontecendo. O sangue que escorrera ganhava a forma uma bola negra, produzida por uma quantidade de energia muito grande, a partir do sangue do alquimista.

Observando mais de perto, o jovem percebeu que a bola tinha o formato de um círculo preso dentro de uma ampola de vidro fechada por rolhas; e dentro dele um homúnculo, um ser humano imperfeito, capaz de falar e de ouvir. Soube que sua vida dependia daquele círculo e que fora dele morreria. O pequeno ser, negro como a noite, se movia dentro do vidro com uma inteligência incrível.

Miguel sabia que aquele ser possuía o conhecimento em alquimia necessário para criar a pedra filosofal, um ser capaz de salvar sua mãe...

— Olá, jovem alquimista! — disse a bola negra.

— O que é ou quem é você? — pergunta Miguel assustado, dando um pulo para trás.

— Eu sou um homúnculo, uma bola de energia com grande inteligência, mas eu não posso me locomover. Está surpreso?

— Por que estaria? Você é uma bola negra, capaz apenas de me dar instruções, mas que pode ser destruída se estiver fora deste vidro. Ou vai criar pernas e andar? — pergunta o alquimista sentindo grande dor no corte em sua pele.

— Calma, jovem! Realmente você é diferente dos demais, a maioria de vocês deveria se assustar. Mas você está certo. Se esse vidro se quebrar, não consigo sobreviver.

— Então eu estou certo, você é apenas uma inteligência artificial em alquimia. Muito prazer, meu nome é Miguel Pike.

— Miguel Pike, pode me chamar de Homúnculo.

*

Willian estava vendo as notícias em seu escritório e conseguira um tempo para ver sua segunda mãe. Sophie estava no hospital, um dos melhores da região. O lugar ficava perto do

Parlamento, em uma rua estreita, onde passavam ônibus de turismo a todo o momento. O hospital era antigo, com detalhes em estilo moderno. No hospital, tudo altamente limpo e sofisticado, uma aparelhagem de primeira linha, com os médicos todos altamente recomendados.

Willian, já dentro do hospital, vê seu amigo, que estava ao lado de sua mãe, chorando e lembrando-se das coisas que ela havia feito para ele, na verdade ele estava apenas agradecendo. Willian entra no quarto e Miguel se vira, correndo para o abraço amigo.

— Calma, Miguel! Tudo vai dar certo... Ela vai sair dessa.

O pai de Miguel havia falecido em um acidente, há menos de dois meses, e isso piorou o estado de saúde da mãe.

Miguel e Willian saem do hospital e na porta encontram o chefe do clube dos alquímicos, que chamou Miguel para uma reunião urgente. Willian voltou para o seu escritório ainda muito chateado com a doença da mãe de seu amigo, sua segunda mãe. Fechou a cortina de sua sala e começa a chorar. Pela primeiravez ele não tomará o chá das cinco.

Capítulo VII

A Verdade

O mestre alquímico entra na Ordem com Miguel e começa a explicar para ele a criação e o funcionamento da pedra.

— O princípio básico do círculo de transmutação está no poder do círculo. O círculo representa a circulação do poder, e quando desenhamos essas equações, conseguimos manifestar seu poder. Conhecendo o fluxo do poder e suas leis, você poderá lidar com muitas coisas! Ou seja, conhecendo o fluxo de energia, você pode utilizar a energia desse objeto contra ele mesmo. Isso é a circulação do poder! Entendeu, Miguel?

— Entendi! Isso quer dizer que aquele que compreende e trabalha dentro desse sistema, criando novas coisas, é o verdadeiro alquimista.

— O mundo segue esse grande ciclo constantemente. A morte e o nascimento são partes desse ciclo, por isso não devemos pensar em ressuscitar alguém!

— Entendo o porquê de o senhor estar falando isso, no caso de minha mãe morrer e eu criar uma teoria de transmutação humana, uma vez que já provei que consigo realizá-la! — Miguel olha com sarcasmo para o mestre.

— Vejo que entendeu perfeitamente. Você realmente consegue me surpreender Miguel, mas ainda precisa entender mais sobre a vida, afinal você é muito jovem.

— Não se preocupe mestre, o senhor recebeu o resultado de minhas pesquisas?

— Recebi sim! Esse foi um dos motivos para procurá-lo, você descobriu algo mais?

— Ainda não mestre, mais eu consegui fazer uma coisa, e acho que o senhor deve vir comigo, pois essa coisa que criei é um dos maiores segredos da alquimia! — diz Miguel olhando friamente para o mestre Kant.

— Você criou um dos maiores segredos da alquimia, meu pupilo? Sabia que você seria um dos maiores alquímicos do mundo, meu jovem. Foi realmente uma fatalidade o nosso Willian não estar junto de nós, pois quando eu me for, se eu me for um dia, quero que você assuma o meu lugar!

— Eu.. assumir o posto de líder! O senhor está me colocando como seu pupilo?

— Isso mesmo! Como esperado da mente mais brilhante de Londres.

— Claro que aceito, mestre! Agora vamos que tenho que lhe mostrar minha grandiosa descoberta.

Saindo do salão do templo dos alquímicos, os dois embarcaram nos respectivos carros, indo em direção à casa de Miguel. A casa estava sempre limpa e organizada, mas o lugar que ele queria mostrar ao mestre não estava na parte social da casa e sim na parte reservada, no porão onde ele realizava as suas experiências.

O lugar estava totalmente escuro, apenas um feixe de luz...

*

Willian estava indo para casa, era aniversário de Emmanuelle, mas antes passaria no hospital para ver a mãe de Miguel. A situação estava muito tenebrosa, pois a cada dia que se passava Miguel estava perdendo o controle da situação. Quando o pai faleceu, Miguel não havida ficado assim; mas com a piora no estado de saúde de sua mãe, estava ficando paranoico. Ainda mais participando daquele grupo de alquímicos. Temia que o amigo fosse obrigado pelos alquímicos a fazer algo fora da lei para salvar a sua mãe.

Subindo pelo elevador, Willian liga para a esposa, e avisaque passará no hospital para visitar Sophie e que logo estará em casa.

O corredor do grandioso hospital estava perfeitamente limpo e silencioso, quando um vulto preto passou correndo, indo para o quarto de Sophie. Willian corre, abre a porta do quarto e vê todos os equipamentos desligados. Na mesma hora que percebe isso, chama os enfermeiros, que religam os equipamentos. "Alguém queria matar a mãe de Miguel, mas por quê?", pensa Willian.

Willian abre as janelas para ver se alguém havia pulado do prédio ou ido para o terraço pelas escadas de emergência. Uma coisa perturbava a cabeça do jovem. Quem tentou matar a mãe de Miguel tinha com toda certeza lido os livros de Miguel. Aquela cena parecia muito com uma das cenas descritas no último livro publicado pelo amigo. Mas por que matar a mãe do escritor? Aquilo não fazia sentido.

*

Uma ligação interrompe o silêncio no porão onde mestre Kant e Miguel estavam. Uma voz do outro lado dizia que não fora possível concluir o plano, pois o detetive estava no hospital, no momento em que o serviço seria executado.

Outra ligação se ouviu, só que agora era para o celular de Miguel.

— Alô!

— Miguel, onde você está? — diz Willian.

— Estou em casa! O que houve?

— Alguém tentou matar a sua mãe, como em seu último livro: desligaram os aparelhos, esperando que ela morresse;

como fizeram com a mãe de seu personagem que tinha um grande segredo, não é isso?

— Como assim? Entraram no hospital e desligaram os aparelhos para minha morrer, para eu me sentir culpado e revelar um grande segredo? — Miguel não podia acreditar no que estava ouvindo.

— Quem está com você? — questiona Willian.

— O mestre Kant, pois vim mostrar algo que criei.

— Espere... o mestre Kant está aí com você? — pergunta Willian ligando os fatos e usando suas habilidades do grande investigador que era.

— O que você quer dizer? Ele nunca faria uma coisa dessas, afinal o que criei pode...

Capítulo VIII

PORTA

— Mestre Kant usou sua distração para tirar a vida da sua mãe para você poder usar as suas habilidades alquímicas e criar a famosa pedra filosofal para engrandecer a já conceituada instituição! — disse Willian.

Miguel desliga o telefone, vai até o foco da luz e mostra o que havia criado. Uma bola negra, que se autodenominava Homúnculo, e que poderia oferecer aos alquímicos britânicos o poder para poderem pesquisar a cura para muitas doenças.

— É isso que o senhor planejou, mestre Kant? Ser imortal e me fazer ser o seu cúmplice? Você, assim como eu, descobriu que é possível criar a pedra a partir de vidas humanas e usá-las para ativar o círculo de transmutação, por isso você me disse para nunca pensar em ressuscitar alguém, pois para trazer alguém de volta à vida, eu provavelmente teria que me sacrificar para pagar o preço, não é mesmo? Com raiva, por pensar que seria por causa de um personagem meu que minha mãe morreria, eu iria criar a pedra, matando outras pessoas... Pois saiba que eu sei o que aconteceu no norte da Rússia.

— Miguel... Miguel, você realmente merece o título que tem, "mente brilhante", mas acho que só ele não vai te salvar. Afinal, contra uma arma potente como a que tenho você precisaria de uma placa de aço para se salvar, mas acho que não vai dar tempo de você transmutar algo assim tão rapidamente.

O estilhaço da faísca deflagra o projétil arranhando o cano da arma, que sai na direção do peito do inimigo!

O vidro se quebra e Miguel cai para trás, sangrando. O fim estava próximo, mas uma coisa que Miguel não esperava era ver a porta se abrindo e uma voz lhe chamando:

— Venha comigo que ficaremos bem! Que a alquimia seja usada para o bem!

Capítulo IX

ALQUIMIA

O dia estava chuvoso, as gotas de água caíam na janela do quarto do hospital, desenhando caminhos. O quarto muito bem iluminado, com vários equipamentos ligados, emitindo barulhos, e um silêncio enlouquecedor compunham o ambiente.

Fora do hospital, dentro do Parlamento, várias alterações de voz! O mestre do seleto grupo alquímico estava prestando depoimento, pois era o principal suspeito de ter atirado em Miguel.

— Diretor, eu já lhe falei, eu não atirei em ninguém, o meu jovem pupilo saiu do sótão de sua casa e foi baleado, eu não tinha motivos para fazer isso, ele seria meu sucessor. — disse o mestre alquímico com uma expressão triste e prestes a chorar.

— Tenho fontes seguras que viram o senhor dentro da casa, com a arma ainda em punho. — disse o diretor.

— Eu não tenho motivo para ter feito isso! Não tem lógica, não é mesmo, meu caro inspetor?

Nisso ele tinha razão, não jogaria sua reputação no lixo por um garoto, afinal ele era o mais respeitado senhor de Londres.

*

O lugar estava estranho, todo branco, com uma espécie de portal. Miguel estava parado à sua frente, quando uma voz surgiu:

— Essa é a porta que vai te levar de volta para o seu corpo, aqui onde você está é conhecido por Verdade, muitas coisas que você necessita aprender, e quem morre aprende isso aqui.

— Eu realmente morri!

— Não se afobe garoto, você é um alquimista e pode aprender algumas coisas nesse lugar.

— Eu tenho que voltar e impedir o grande plano de meu ex-mestre. Ele quer fazer algo muito maligno.

— Acalme-se, tudo em seu tempo.

Dentro do quarto, Willian estava aflito pelo melhor amigo, seu irmão, seu grande amor estava muito mal e poderia morrer.

A mãe de Miguel havia piorado quando soube do estado de saúde do filho. Ela estava à beira da morte.

O telefone de Willian toca e ele ouve do outro lado da linha uma voz que fazia tempo que não ouvia, aquela voz causou-lhe arrepios.

— Olá, Willian. — disse o mestre Kant.

— O que o senhor deseja? — Willian pergunta com a voz alterada, e com muita ira, o ódio era visível em seus olhos.

— Quero lhe dizer que foi pura sorte você estar ao lado do pequeno Miguel, mas acho que sua esposa Emmanuelle não teve tanta sorte, e agora ela está correndo grande risco. Ela estava muito preocupada com você, saiu de casa e foi procurá-lo em seu escritório, mas você não estava e ela me encontrou.

— Se você fizer alguma coisa com ela... — intimida Willian passando a mão ferozmente pelo cabelo.

— Eu não fiz nada... ainda! Mas tenho planos para ela e para você. Ou entra para o grupo dos alquímicos ou pode dizer adeus para o pequeno Miguel e para sua queridinha esposa. — o mestre dá uma gargalhada sinistra, terminando a frase.

— Seu psicopata, assassino, acho que vou lhe fazer uma contraproposta: além de você soltar a minha esposa, você vai também se entregar e ser preso por mim.

— Pelo visto esqueceu que eu sou a lei nesse lugar! Uma palavra minha e você passa de mente brilhante para lixo londrino, em um instante, ou seja, escolha o seu lado!

A cabeça de Willian girava e suas mãos tremiam em pensar que perderia Miguel e sua esposa, aquilo que o mestre havia falado era verdade, afinal ele era a lei em Londres, podendo tomar uma decisão em nome da Corte Real.

— Não vou lhe responder nada agora? E apenas uma pergunta: por que eu, já que você deve me odiar nesse momento?

— Porque você é o único que pode criar a pedra filosofal.

— Eu? Tem certeza do que está falando? Nunca pesquisei sobre alquimia.

— Meu amigo, você não vai sobreviver. Vou usar você, é simples: vou resolver dois problemas de uma só vez!

— Ligue mais tarde, mas saiba que não vai conseguir acabar comigo.

A imagem de sua mãe implorando para ele não entrar na Ordem quando faleceu veio à sua memória no mesmo momento. As mãos dele tremiam em pensar que perderia tudo que ele havia conquistado.

— Eu vou lhe prender e você irá apodrecer na prisão, pois eu vou te destruir, você e sua maldita Ordem. Você realmente mexeu com a pessoa errada, mexeu com os amores de minha vida. Você está acabado! — a ira de Willian era visível, ele havia dito isso, socando a parede.

Aquela cena fez as enfermeiras entrarem no quarto para ver se tudo estava bem, vendo-o tão alterado, acalmaram o detetive.

Capítulo X

PEDRA FILOSOFAL

Willian havia adormecido junto da cama de Miguel. Em seus mais ambiciosos sonhos nunca pensou que aquilo estaria acontecendo: ele, ao seu lado, lhe dando um beijo. Willian sempre foi apaixonado por Miguel, mas sempre guardou aquilo para si, pois sabia que a sociedade não entenderia esse sentimento.

Ele acordou assustado pelo sonho com os lábios ainda molhados e com o gosto de Miguel. Ele olha para o amigo naquele estado e num reflexo beija sua linda boca, realizando seu desejo.

O corpo de Willian fica quente, a mente se rende à sensação fantástica, finalmente estava realizando aquilo que queria.

Saindo do hospital, Willian vai para casa e de lá liga para o mestre dos alquímicos, comunicando a sua decisão: para salvar a vida do amigo e de sua esposa, ele sacrificaria a própria vida.

Willian adentra em sua sala, abre o computador e começa a pesquisar sobre a alquimia, e algo lhe chama a atenção.

Todos os casos em que o grupo de alquímicos haviam entrado para solucionar, alguém desaparecia misteriosamente, e como eles eram poderosos, ninguém questionava nada sobre os desaparecimentos. Willian começou a ligar os fatos e logo descobriu algo que poderia salvar Miguel e Emmanuelle.

Os ingredientes para confecção da pedra eram pessoas vivas, ou seja, para construir uma pedra filosofal eram necessárias no mínimo dez pessoas e mais uma para fazer o ritual. Mas não eram todos que poderiam participar, pois necessitava de um poder alquímico extraordinário, e o único que poderia fazer isso era o mestre alquímico, que estava presente em todas as excursões. Mas algo estava errado, deduziu Willian. Por que o mestre alquímico precisava dele para criar a pedra? A não ser que ele não tenha esse poder para realizar o processo de transmutação.

Pelas pesquisas, Willian sabia que havia três proibições no seleto grupo: criar ouro, desobedecer às leis da Ordem e criar humanos. Willian continuou sua reflexão: as duas primeiras proibições eram óbvias, pois geraria um caos político e econômico, mas a terceira que sentido teria? Ninguém tentaria criar um exército de humanos imperfeitos... Ou será que o mestre Kant iria rebelar-se contra a Rainha? Aquele jogo estava ficando cada vez mais interessante.

O mestre alquímico usaria Miguel e Emmanuelle para fazer Willian perder a razão e se sacrificar para criar a pedra, ou seja, ele iria usar a emoção de Willian para fortalecer ainda mais o poder alquímico que ele já tinha! Poder esse dado pela sua mente brilhante, a última pedra seria cheia de energia e com ela o plano estaria acabado, e ele seria o Rei da Inglaterra e depois Imperador do mundo.

O plano estava correndo perfeitamente, o único empecilho foi o jovem Miguel descobrir o plano e lhe causar aquela dor de cabeça. O mestre Kant precisava eliminá-los e colocar seu plano em prática.

Capítulo XI

O COMEÇO DO FIM

Na Ordem dos alquímicos, no subsolo, os bonecos que receberiam a alma através da pedra filosofal estavam ligados por grandes cabos, que percorriam toda a ordem, e no final de cada cabo um vidro com líquido, no qual uma pedra vermelha flutuava.

Willian começou a ligar os pontos e viu que havia um jeito para destruir a pedra filosofal, afinal o dia prometido para ele fazer o sacrifício estava agendado, seria uma grande operação que iria contar também com detetives de todo o mundo. Aquela seria a maior operação já feita.

*

Longe dali, em um lugar conhecido como Verdade, Miguel estava aprendendo as verdades do mundo, até que uma forte corrente elétrica passou pelo seu cérebro e ele caiu. A voz apenas disse:

— Sua hora chegou! Você não pode morrer ainda.

A porta se abre e algo puxa o corpo do jovem alquimista para si, como se fosse um estouro. Ele volta para o seu corpo, e teria que agir logo, pois o dia prometido estava a caminho, mas tudo seria feito com a maior descrição possível. Miguel fingiria uma perda de memória e conversaria com Willian, para que ele pudesse prender o mestre Kant. O amigo sequer imaginava que Willian era refém do mestre.

O celular de Willian toca, e ele reconheceu o número: era do hospital.

— Alô! Aconteceu algo? — pergunta Willian aflito.

— Não! Ao contrário, Miguel acordou e passa bem, mas insiste em falar com o senhor, acho que é algo sério.

— Diga a ele para se acalmar que já vou encontrá-lo.

*

A esposa de Willian estava amarrada em uma coluna jônica na Ordem dos alquímicos. O mestre diz a ela que Willian havia aceitado a proposta de sacrificar a sua vida pela dela. Ele chega mais perto e a olha intensamente nos olhos, desejando-a, pois ela seria parte da última pedra, seria morta pelo bem do progresso do seu país, juntamente com as duas mentes mais brilhantes de Londres. Os olhos cravados na garota indicavam o quanto o mestre Kant estava louco.

*

Chegando ao hospital, Willian encontra Miguel, e lhe explica o que havia acontecido. Miguel não estava acreditando naquilo que ouvia. Como o mestre Kant poderia fazer aquilo? Afinal, Willian era seu melhor amigo. Miguel se levanta e desfere um soco em Willian.

— O que está acontecendo? — pergunta Willian no chão frio do hospital.

— O que passa pela sua cabeça? Acha que permitiria que você morresse por minha culpa? Você acha que morrer como um herói iria diminuir a nossa dor, seu idiota! Não era para você ter aceitado. — Miguel fala isso com as lágrimas no rosto.

— Desculpe, Miguel. É o que deve ser feito!

— Ainda bem que eu retornei e ainda bem que não morri, coisa que só foi possível graças a esse amuleto que carrego em meu peito, mas eu preferia morrer ao saber que você estava morto... Nunca te contei, mas sinto algo muito especial por você. Sei que você é casado, por isso guardo meus sentimentos em segredo.

*

Em outro quarto, um som vindo de um dos aparelhos atrai a atenção dos enfermeiros que saem correndo. Ao chegar ao quarto de Sophie, os aparelhos indicavam que ela estava morrendo, e dessa vez não era por alguma sabotagem.

Capítulo XII

Declaração

No quarto, Miguel continua a falar com Willian sobre seus sentimentos.

— Willian, eu sempre tive um sentimento especial por você, mas nunca falei nada, não sei a sua reação e acho que isso pode acabar com a nossa amizade, mas mesmo assim quero tirar isso do meu peito.

— Eu também tenho um grande segredo para lhe confessar! — revela Willian olhando nos olhos de Miguel.

— Eu sempre te amei, Willian, desde o tempo da faculdade, mas nunca contei para ninguém, pois você sempre foi muito reservado e sério sobre seus sentimentos. Nunca pensei que amaria meu melhor amigo, mas esse sentimento só floresce dentro de mim, não sei o que você irá pensar, mas...

Nesse instante Willian fecha a porta atrás dele e com um beijo cala Miguel:

— Eu espero por isso há muito tempo. Casei, pois pensei que você nunca aceitaria meu amor, e agora você diz isso?

— Willian! Vamos pensar no que fazer a respeito disso mais tarde, temos que nos focar no mestre Kant e no plano dele.

— Claro!

A enfermeira bate na porta, Willian a abre e ela pede para Miguel se sentar, pois tinha notícias de sua mãe.

— Senhor Miguel, sua mãe teve uma parada cardiorrespiratória e não resistiu, fizemos todos os procedimentos, mas ela já estava muito fraca, ainda mais quando soube que o senhor veio para cá. Ela pediu para salvar a sua vida de toda forma, e se fosse necessário deixá-la partir e proteger o senhor.

— Não posso acreditar nisso! — Miguel olha assustado, o aparelho que media a sua pulsação começa a emitir sons agudos, ele estava desmaiando!

Os enfermeiros entram no quarto e o medicam. Miguel entra em um estado de sonolência, mas estava bem. O dia foi atípico, muitas coisas para se pensar, e agora ele havia se entendido com o seu grande amor e traçado um plano para acabar com o projeto destrutivo do mestre Kant, e ainda viver por um bom tempo como herói.

O dia prometido estava chegando e o quadro clínico de Miguel estava sendo mantido em segredo pelos jornais, revistas e outras fontes para manter a descrição da ação.

Cinco dias se passaram, o plano estava pronto. Willian e Miguel planejavam a estratégia para o dia prometido ser rápido, pois ele queria organizar um enterro digno para sua mãe.

O mundo de Miguel estava destruído: sua mãe morta, seu maior desejo acabado — mudar o mundo com a alquimia do bem era apenas um sonho, nada mais que isso —, tudo que ele aprendera fora arrancado dele de forma brutal. Agora a única pessoa que o fazia se manter em frente era Willian, que sabia muito bem a dor da morte; e Willian era o único que iria impedir Miguel de tentar criar uma teoria de transmutação humana. Ele estava morrendo de medo.

"O medo é a única coisa que lhe deixa mais forte quando enfrentado, então nunca se renda, nunca deixe de acreditar que pode vencer". Aquela era a filosofia da mãe de Miguel, e era nisso que ele se apoiava.

Capítulo XIII

O DIA PROMETIDO

O dia prometido estava a caminho, aquele seria o pior momento dos garotos. Depois de tudo que passaram, teriam que enfrentar os próprios medos, as próprias verdades e lutar contra aquele maluco, que queria destruir Londres e se tornar rei. Um lunático com poder! Era isso que o mestre Kant aparentava ser, um louco que transforma todo seu prestígio em poderio militar. Ele tinha em suas mãos os maiores pensadores do mundo, seu poder era incalculável e eles teriam que combatê-lo se quisessem salvar a humanidade. O destino do mundo dependia do sucesso deles!

Os detetives já posicionados e com as armas em punho só tinham uma coisa em mente: a vitória. Aquele era o momento final, se tudo fosse conforme o planejado, o mundo ficaria livre de um grande mal e todos poderiam viver bem!

A Ordem dos alquímicos mais parecia uma base militar que um lugar para estudos, todos os agentes, ao comando de Willian, estavam ali; e todos os alquimistas amigos de Miguel iriam ajudar depois que descobriram o plano maligno do grão-mestre.

No subsolo, o mestre estava pronto. O círculo desenhado no chão indicava que o momento crucial estava próximo. A entrada de Willian com Miguel e a captura dos mesmos para realização do ritual da pedra, todos os outros ingredientes estavam prontos.

O mestre Kant estava ansioso para que tudo fosse como ele havia planejado. A porta se abre e ele vê Willian, que estava sem Miguel. Não era possível que ele havia traído o mestre! Ele preferiu salvar seu amigo ao salvar a esposa? Aquilo estava totalmente errado.

— Eu estou aqui mestre Kant! E agora o que você vai fazer? — disse Willian desafiando o mestre.

— Eu matarei sua amada e você, depois darei um jeito no Miguel. Você acha mesmo que eu iria desistir por um pequeno acidente de percurso? Você me subestimou!

— Olá, mestre Albert Kant. — disse Miguel surgindo das sombras de uma das pilastras do subterrâneo. — Pensou que iria deixar você praticar seu plano? Quanta ingenuidade!

— Miguel! Miguel, que bom lhe rever, mas como foi que sobreviveu? Pelo que sei, um tiro foi disparado contra você, não é mesmo? — disse o mestre com sarcasmo, observando a reação dos dois.

— Nunca subestime um alquimista, mestre!

Nesse tempo Willian e Miguel estavam dentro do subsolo da Ordem dos alquímicos, e se algo errado acontecesse, os alquimistas que aguardavam do lado de fora iriam agir, e eles já estavam fazendo isso. Desenhavam o círculo de transmutação para destruir a pedra filosofal, um círculo invertido, como eles diziam. Todas as coordenadas foram dadas pelo detetive.

Aquilo parecia um belo tabuleiro de xadrez, as mentes mais brilhantes de Londres lutando mentalmente para desestabilizar o oponente.

Emmanuelle acorda e vê Willian ali, ele havia ido salvá-la. De acordo com o plano do mestre, todos seriam sacrificados, mas algo estava diferente em Willian e em Miguel. Ambos tinham o olhar confiante, eles pareciam ter um grande plano.

— Então o senhor começou a achar que ninguém iria descobrir o seu plano, mestre? Pode nos mostrar o exército que o ajudará a conquistar a Inglaterra? — pergunta Miguel passando a mão nos cabelos loiros.

O mestre vai até uma cortina preta e a abre, revelando o exército de bonecos que receberiam a alma através da pedra filosofal. Os corpos estavam presos de ponta cabeça, com cabos presos às costas. A aparência deles era horripilante, ainda mais com a pouca luminosidade do ambiente. Eles eram brancos, extremamente brancos, com um olho no meio da testa, os cabelos pretos espetados, boca deformada e sem nariz.

O mestre olha para os garotos e diz:

— Estão se perguntando por que estou mostrando tudo para vocês sem hesitar, não é mesmo?

— A resposta é óbvia! O senhor vai nos matar então está contando o segredo como prêmio de consolação! — disse Miguel.

— Vocês acham que eu não sei que planejaram me capturar e que há vários detetives lá fora aguardando apenas um sinal de vocês? Caso contrário vocês não estariam aqui, com tanta petulância!. Vocês acham que me enganam com esse teatrinho barato? Uma coisa estava me perturbando, mas acho que já sei a resposta!

— E qual seria?

— Por que salvar o seu amigo ao invés de sua esposa? Mas é fácil a resposta: você, Willian, ama Miguel. Se eu não tivesse ameaçado o Miguel, você não teria aceitado o meu pedido, não é mesmo?

A esposa de Willian olha para ele, com a boca amordaçada, implorando para que ele não admita nada.

— Você está certo! Eu amo o Miguel. — confessa Willian. — Mas amo muito a minha esposa, então pare de ficar tentando confundir a nossa mente, somos inteligentes o bastante para entender isso. Seu idiota!

O mestre perde a paciência com Willian e aponta a arma para Miguel, e em atitude desesperada atira, acertando a perna dele . Ele se vira para Willian e diz:

— Vamos começar logo!

O mestre coloca Miguel no círculo, o lugar já estava preparado para ele desde o começo. Aquela situação havia saído do controle.

— Então vamos iniciar.

Willian olha para Miguel e para Emmanuelle, e começa a andar na direção do círculo de transmutação, o plano dos garotos estava acontecendo perfeitamente.

O sorriso no canto da boca fez com que Emmanuelle se acalmasse e entendesse o jogo. Aquele plano era fácil, quando o mestre estivesse ameaçando as pessoas, Willian iria retirar a arma, e nesse momento os detetives, que estavam lá fora esperando pelo sinal, entrariam e prenderiam o mestre Kant em flagrante, sem que nenhuma vida fosse sacrificada. Realmente o plano estava muito bem articulado.

Willian se virou para Miguel e viu que o mestre estava totalmente distraído. Transmitiu o sinal aos outros detetives de que o plano iria começar e quando se deu conta o mestre Kant iniciou o ritual.

As almas estavam sendo arrancadas à força de seus corpos, uma luz azul com raios iluminava o local, tudo estava perdido para aquelas pobres pessoas, o que Willian não entendia era por que mestre Kant tinha começado, se o objetivo era que ele morresse.

Foi então que Willian percebeu o lógico, ele não morreria fazendo a pedra e sim selando-as nos corpos, e para isso precisava continuar vivo.

As peças se encaixavam, e de nada adiantaria se os detetives invadissem naquele momento.

Foi nesse momento que Miguel começou a falar.

Capítulo XIV

O Fim

— Então o senhor não se lembra do que realmente ocorreu, não é mesmo mestre? — Miguel pergunta isso com a voz fraca, o que faz o mestre parar por um instante.

O mestre começou a prestar atenção em Miguel, o olhar de Willian fica paralisado e uma lágrima escorre de seu olho.

— Willian, me perdoe, mas isso é a mais pura verdade. Descobri graças a algumas pesquisas que fiz!

— Não é possível! — Willian estava de joelhos.

— Na Rússia, há vinte e dois anos, um senhor que buscava a felicidade do filho foi para o paraíso congelado, e de lá nunca mais voltou. E esse garoto sempre achou que os alquímicos britânicos haviam matado seu pai e mudado a decisão da Rainha. Mas o que o garoto não sabia, era que seu pai era um alquímico que perdeu a memória e teve o seu rosto reconstituído por meio de alquimia, tornando-se esse senhor que está diante dos meus olhos. O senhor está querendo matar o próprio filho por poder, pois esqueceu que na verdade sempre foi uma pessoa boa. E essa pessoa é o senhor mestre Albert Kant, a sua existência foi criada para esse propósito final! Todos os documentos foram queimados e por isso ninguém o encontrou. E hoje o senhor está aqui tentando matar a pessoa que o senhor mais amou.

Um flash de memória dispara no cérebro de Albert Kant, e um sentimento floresce dentro dele: o sentimento de culpa! Ele queria matar seu filho para criar um exército!

E ele estava quase conseguindo, afinal diminuiu somente a intensidade da transmutação, o processo estava no final quando, em uma atitude heroica, o mestre se joga dentro do círculo e retira Willian, falando aos dois jovens:

— Não seja um pai como eu. Perdoe-me Willian, eu não fui um bom pai, aproveite o resto de sua vida, pegue a pedra filosofal e salve aquilo que você mais ama, pois pecamos em não sabermos o que somos!

Um lampejo de luz assola o lugar, a energia cria um objeto pequeno, uma pequena pedra, no exato momento em que o grupo de alquimistas do lado de fora entra na sala correndo, mas parecia que já era tarde demais. O corpo de Miguel estava no chão junto ao corpo de Emmanuelle. Willian em seus mais absurdos pesadelos nunca pensara em tomar aquela decisão. Seu pai havia tentado lhe matar, ele olha para o lado e vê Miguel acordando, ele se alegra e pede para o grupo de alquímicos informarem à corte real o que ocorrera.

Willian vai até Emmanuelle, beija a sua boca, olha para o corpo morto da esposa, pega a pedra filosofal e a coloca sobre ela aos prantos.

— A única pessoa que me compreendeu de verdade foi você, e agora você se foi, eu sempre a admirei! Mesmo amando outra pessoa, você nunca se importou, e sempre dizia que eu tinha que dizer o que sentia.. Minha querida Emmanuelle, nunca me esquecerei de você!

Os olhos de Willian, cheios de lágrimas, procuravam a única pessoa que havia sobrevivido, e ao encontrá-la, o carinho para suas lágrimas foi o que ele achou. Finalmente tudo havia acabado.

Mas a morte e a dor nunca são apagadas da memória de uma pessoa!